First name: ....

Last name: ....

Adress: ....

Phone: ....

E-mail: ....

I Love
You

I Love
You

I Love
You

I Love You

I Love
You

I Love
You

I Love
You

I Love
You

I Love You

I Love
You

I Love You

I Love You

I Love You

I Love You

I Love
You

I Love
You

I Love You

I Love You

I Love You

I Love
You

I Love
You

I Love
You

I Love
You

I Love You

I Love You

I Love
You

I Love
You

I Love
You

I Love
You

I Love
You

I Love
You

I Love
You

I Love
You

I Love
You

I Love You

I Love
You

I Love You

I Love You

I Love
You

I Love You

I Love You

I Love You

*I Love
You*

I Love
You

I Love
You

I Love
You

I Love You

I Love You

I Love
You

I Love You

I Love
You

I Love
You

I Love You

I Love
You

I Love You

I Love
You

www.ingramcontent.com/pod-product-compliance
Lightning Source LLC
Chambersburg PA
CBHW050547160726
48003CB00002B/791